田園からの幸福についての便り

植木信子

思潮社

田園からの幸福についての便り

植木信子

思潮社

目次

装幀＝思潮社装幀室

田園からの幸福についての便り

吹雪くと
　田園は白い霧が沸き立って見える
何万年もの眠りは二夜のよう
　窪みのあたたかな水溜まりに目覚める種子
　　過去と未来　夜と昼をとり間違える

田園は半分沈み　半分浮かぶ
　水色と薄黄のまるい地平には
　　何万年もの時間が畳まれ積まれ
空から土ふかく
地表に湧き出　小川にそそいで田園を流れる
見えない指が解読不明な言葉を綴ったら

空も海も波打ち　大地が開いていく
緑がさやぐ　窓辺に光の筋が届く

螺旋階段の高くから落ちてきた一粒の種子
木になる　林になる　森になる
青い青い田園になる
あなたになる　わたしになる
鳥になる　獣になる　魚になる　実になる
香ばしい髪になる

何万年もの眠りは一夜のよう
届いた便りが光る水に眩しく映る

Ⅰ　風のなかへゆく児

ゆれて立っている

あなたのなかにわたしが入り
わたしのなかにあなたが入る

淡い陽にゆれている木
夕日の欠片が幹を滑る

椎の実　椎の実
木の下　殻が落ちている
音もなく鳥は飛びたって夕暮れ色の空へ行く

闇の何処か　眼差しが瞬くたびに街の灯が点り広がっていく
木はゆれるともなくゆれて影に囲まれる

聞こえない　見えない　何も思わずに
遠い日の感覚が流れ込み満たしていく

わたしのなかの青い壺があふれ川へ捨てに行く
岸辺には行けるだろうか

星が光って硬い空から冷気がふってくる
はだかの木々は身震いをする

それは宛名のない白い封筒を手にしているようだ

わたしは片方の足を出す
それから　もう片方を

あなたのなかにわたしが入り
わたしのなかにあなたが入って歩きだす

呼んでいる　呼んでいない
あてのない足取りが耳の奥にあって

追いかけても

朝遅く　野鳩の鳴く声がした
藤の花のにおいに混じり

冬の間　倒れていた幹を食い破り蝶が舞い上がる
光ふりそそぐ幻影
そんな日には色とりどりの花咲く野へ車を押していく
被せた紅の帽子にヒラヒラ羽毛が散ってきて
　メタボの猫の手　絡まる羽とじゃれている
追いかけても春

春の日に　海辺の道を急ぐ旅人がいる
緑の舌の波縁に泡が寄せている
ラクダの衣　麻の荷袋
（昔　地中海沿いの）

首をもたげる青い蛇
旅人の足裏に残る跡
（傷跡かもしれない）

潮風吹いて　砂風吹いて
スルスル靡く草むらから
巫女の腹に小石があたる　ボンボンあたる
乾いた白い道に蹄の音がして茶の馬が駆けていく昼近く
赤い椿だけが咲く森に卵が割れる

テッポー　ポー　ポー
野鳩が鳴いている

追いかけても　追いかけても
グルグルまわる子犬のしっぽ

春の日なのだ
水が流れて　きらめいて
藤の花のにおいのする
風も吹く

夜明けのこと

白い木がゆれていた
青く空が光っていた
若葉が風にそよいでいた
夜明け前の光のなかで見たのではなかったか
冷たく　初々しく　ほのかに温かい

＊

雨上がりの水たまりは青く光を滑らせ
風が木々を鳴らしていた
茜に鈍い光差す部屋に二つの球体が澄んで綺麗だ

二つの球体に黒く小さな球体がひとつずつ浮かんでいる
黒い球体は測ることができない
澄んだ二つの球体は浮かび捉えることができない
彼方を　初めて見た光景をたどっているようだ
　もうすぐ二つの目は閉じていく
木々がゴーゴー鳴って　闇の奥に灯が点る

*

わたしたちは寄せては引いていく波のようにくり返す
血の循環をめぐり　泳ぎ　たどり着き　離れる
そこに居たかったのだ　変わることなく
わたしから子そして父祖たちの地　などを思う
木の葉が一枚落ちてきて陽に翳すと筋が枝の模様に見える
カラン　カラン　カラン
　列車が通り抜けていく脇を牛の群れが歩いていく
そんなことを思い出す

古い写真の少年の眼差しがわたしの心に刻まれたとき
うしろを振り返った
土で固めた牛だろうか　馬だろうか
罅割れ　崩れた
ひどく悲しく駆け寄り土で繋ぎ、火を掻き立てた
消えかかる虹のように薄れて
初めて見た光景に似て彼方に浮かんでいる

　白い木がゆれていた
　青い空が光っていた
　若葉が風にそよいでいた

夜明けに　わたしは見た気がする

夕焼け　西の空

木の葉が舞い落ちてくる
散り敷く木の葉の土から呼んでいる
　しょうれんじさん　しょうれんじさんのおばさん
木の葉が舞い散る　木の葉が舞い散る
寂しい情熱が静脈をめぐり風が見えてくる
　しょうれんじさん　しょうれんじさん
まわらない口で風のなかへゆく児
悲しみは愛しみだった

＊

石の黒ずむ真ん中で
太陽の欠けた真っ暗な真昼にわたしは眠った
血は赤く土に滲みてゆき　絡まる根の先にも届いた
白く草はそよいでわたしを隠した
　火が燃える　火が燃える　大きく
　青みがかった原に流星が流れる
石笛太鼓なり　星々はひしめき　人々は願いの形で歌い踊っていた

＊

茜差す丘でわたしは松の木に顔を押しあてている
鐘の音が弔いを知らせている
　ここは何処　何世紀なのか
愛おしく　寂しくその想いだけがめぐる
松の幹はわたしに温かい
教会から漏れる灯が揺らいで目に痛い
眠りがおそう前

黒雲が覆い　わたしを覆い　朱色の血が流れるのを見た
松の木　松の木
弔われているひとは小枝で囀る小鳥になるのか
光が薄くて　家にたどり着けなくて　戸口で戸惑って

夕焼けの赤い西の空に黒い雲が寄せている
　　しょうれんじさん　しょうれんじさん
風のなかへゆく児

辻を曲がる

梅雨の緑に隠れて湧き水がある
透明な飴色の水は両手に盛り上がり零れる
昔の人が大切にしていた水は静かに流れていた

記憶の底に沈み込み
忘れ去られ風化していったこと
緑滴る木の葉のさやぎ　水音に混じる声が
痛みの肉片を開いて流れる　声はなく
空の晴れ間から差してくる光の筋に傾いて
白い百合の花が咲いている

一瞬　風が嵐のように吹いて
木の葉の露でびしょ濡れにする
獣のように震わせた体の前にひとつふたつの手
大きくて　小さくて
あまい乳の匂い棒のようだ

雲が水たまりを移っていく
何も起きず　起こりそうもなく
あの辻を曲がる
それは
　かけていくおまえ

あの辻を曲がっていく

影のなかに

草の汁を顔につけ
鳥が啼くと怯えたように空を見る
道の両側は微動だにしない緑の木立
広くなったところに錆びた蛇口が置かれている
そこから二つに道は分かれていく
淡い光のなかに誰かが立ち止まっている
鳥がけたたましく鳴いて雪のような羽が散っている
そのひとは影だったのか
愛するひとが捨てられて佇む
　捨てたあとのわたしの影なのか

言葉と言葉がぶつかって物も人も壊れていったとき
土や砂に謎の文字を刻んで埋める……
それで
君は無心にハーモニカを吹く
陽と光を浴びて
もしかしたら君も影かも知れない
光が陰ったとき
鳥が高い枝から飛び立って一枚葉が落ちてきた
微動だにしない木の葉が一枚　影もない
君の影のなかに

Ⅱ　願い　ジムノペディ

一声　ほがらかな声

入江からの潮風に
髪を靡かせウミネコと話す女
さざ波に混じり囁いている

昇る太陽は湾深く海をあおく輝かせ
太古の女たちのように岩穴で湯浴みする腹にも射して
今日という日を孕むのだった

この海　人を飲み　家を飲み　町を飲み
荒れ狂った後に静かにたゆたっている

陽は明け方の幸せに浸し　輝いて
贅の傷の血を鮮やかにする

夥しい死者の漂うあおく美しい海に問うた
死ぬこと　生き残って生きつづける意味
海を憎み　暮らし　愛おしむ悲しみを

海は黙してさざ波うち
磯にアフロディテの泡を散らし
新たな命の誕生を刻んでいる
悲しみは　苦しみは飲み込み
滋養豊かに
真新しく晴れやかに開いていく海
岩に座る女たちを不安と喜びで囲んでいる

何もない　何も

黒ずむ海底の瞳に映る
　拉がれた顔　ながれる涙
　祈りの呪文　風車がまわる

水平線が白くかがやいて空と溶けていったとき
羽音がして
一声　ほがらかな声　声　声　声……

夏の朝　蟬が鳴く

人々の欲望の渦に
わたしの欲望が流れ込み
よろめき絡み　うす青い水平線や地平線を越えていく
いつだって
千切れた欠片を拾いモザイクに並べるがピースが不足する

夏の明るい日差しが幼児の手を叩く
緑の陰影のみなぎる乳房を風が吹く
わたしは古代のままに贈り物を捧げるが
受け取る者はいないのだった

時間はあなたの鼓動とわたしの鼓動を重ね
引き離すから
わたしたちは孤独の穴に悲しみを満たした壺を置く

崩れる石や壊れる心に蟬は鳴きしきり
昼の時は素通りする
わたしは何もない音楽のように流れる白い昼に佇み
くぐもる声を低くあげる
——今日　何がおきるのか　おこったのか？
夕暮れは光が強く
太陽は薄い雲を巻き赤く輝いている
握る手を振り離し
あなたは若々しい時間へと向かい出す
（それだから）
受け取り手のいない贈り物に忘れられても
恐れないで下さい

古代の石　きざまれた祈り　謎　犠牲の血
死者たちの間から生まれ　続いていく
あなたの命の時間が過ぎても

また　蟬が小さく鳴き出した
夏の朝に

アプサラ

夕日に水が赤い
蓮の蕾の形の石塔が映る
茶の衣の若い僧が連れ立って草むらを急ぐ
緑の草はらに馬が影を引く
雨の止んだ水たまりを君は飛び
小さく口笛を吹く
遠く時空を旅した牧者のようにサンダルは擦り切れ
火照る足を水につける
　アプサラ*に触れるので

君は絶えず後ろを振り向く
暑い昼にマンゴーを食べるときも
夕暮れに影が動いていくときも
大切なものをなくしたように
忘れたものを思い出すように

夕闇に読経が流れるのに
君は口を赤く開いては閉じアプサラを探している
蓮の花が閉じて蕾になって
両手を合わせた形になって
たくさんのたくさんのアプサラの花の手になって結んでいる

それで君は
何処へいくのかを知らせずに闇に溶けていく
空漠とした小さな部屋を歩きまわる
　アプサラ　水の精は今夜も君を水底へつれていく

南国の夜は重く暑く
君の口元にはほほえみがあるだろうか

遠い昔だったよ
水縁に牛を追い　口笛を鳴らしたときに
水草が動いてアプサラを初めて見た
空を舞う天女の影だったのに
君はうたい　涼やかな
三つの顔の仏頭のほほえみを浮かべ

明日　太陽が
仏頭の上に昇ってきて
水に君の影を映す
アプサラの
天女のほほえむ影を見たと
小さく

口笛を吹く

＊アプサラ　カンボジアの古典的舞踊、主に宮廷で踊られた
　　　　　　水の精も意味する

象の目

象に乗る
象は大きな足で大地を踏み
わたしは象の背で踏む
　傷の残る南の国で
象の背中はゆったりとして王族かの気分にさせる
象は黙々と大地を踏んだ
分厚い皮膚には悲しみがあって
それはこの国の尊厳にも希望にも見えた
（それに触れることはできない）
夕日が落ちてゆき
象の涙が光って消える

聖なるもの

夜の〇時
ノロたちはせーふぁうたきに集まり
きこえおおきみをきめる
乳房のように垂れ下がるふたつの岩の先から滴る水を
甕に集め
神聖とされる甕の水をひたいにつけたなら神になるのだ
万物に霊が宿るアニミズムの部族にはシャーマンは重要だ
石が軽い年は雨乞いをし
夏至の太陽が聖なる岩を直線に差すかで作物の収穫を知る

はえや薬草にも詳しく
祖霊に憑かれての一族への祈りは大切だった
ノロが踊り歌えば辛い日々の癒しと生きる勇気が湧いた
島々が海で繋がる沖縄は海洋人の血も濃い
開放的な家造り
三世代もの大家族では祖母、姉妹が支配権を持つ
大祖母が弱い者にも食べ物を分け与え
血気にはやる一族の男たちを従えることができた

十七〜十八世紀　力をつけた首里の王は
ノロに田畑を与え　男たちもつけた
男たちは税を取り立て　ノロは王に報告の義務を負ったから
島の神々は純粋ではなくなったが原始の祈りは続いていった
鬱蒼とした山中の木々と岩壁
祭壇は削られた自然の岩のままにあり
アマミキヨが最初に渡って来たというくだかじまが

沈むように細長く見え　その先は広い海原
空と海の接するところからやって来て
島で生きていくことを祈り願った

山原は深く　麓には村がある
家々は低く　入って西側すぐに竈が三つ　火の神を祭っている

その遠くには

茶色の馬がしずかに濡れている
小鳥の鳴き声が虹に掛かって小さな泉をつくる
今日もなくすだろう
花のような愛と罪など

わたしのなかに褪せていく色
絶望の青　開いていく蒼
共に塗った黄

笑い塗りながら君は何に絶望し何を求めていたのか

君は舌の焼けるコーヒーを飲み終えて
　もういいや　と言ったのだった

君は何処かにいて神のように黙したままなのだから
時間は壊れた時計のように止まっている
　砂と石の宇宙の端のようなところを一人彷徨っていた
　その先に湖が広がっている希望が微かにあった
そんな詩を君は書いていた
（銃声がして　叫びがあって　静かになった）
　君の瞳には白い雲が浮かんでいる
　巻き毛の子が手を丸め笛を吹いている

濡れそぼる茶色の馬や虹も消えた青い空
その遠くに何が見えていたのだろう

祭りのはだかの子供

ジムノペディ*
はだかの子供　古代ギリシャの祭りに
子供たちは花のように添えられる
青くくっきり陰影をつくる空の眩しさ
地中海からの風　あまりの明るさに
悲壮なこともロマンに満ちた神話に変えてゆく
祭りのはだかの子供
さざ波と射る太陽の光
夏の一日　祭りは執り行われたのだろう……
子羊のような真っ白な肌　むじゃきに戯れるはだかの子供は

オリーブの葉先や葡萄畑の朝露から生まれた子だ
ヒバリもいないし蛇も出ない*
ただ青いスモモの藪から太陽が出て
またスモモの藪に沈む
そんな乾いた貧しい村だ
痩せた土地の畑を農民は一日中働く
夏の一日
パンと少しのワインを農民たちは持ち寄り祭りを行った
ジムノペディ　はだかの子供は人々の輪の中で歌い踊る
空は青く太陽は輝いて血の悲しみさえ美しく物語る
　孤独　飢え
そして消えた村や祭りのはだかの子供たち

ジムノペディ
澄んだもの悲しい旋律
エーゲ海の島の道でロバに荷車を引かせている老人に出会った

老人は棒を振り回し何やら叫んだ
青い波が寄せていた
夜は暗く　リュートをかき鳴らし歌う声が流れていた
五、六年前のこと
子供にパリスと名付けたと言っていた女や
東洋的なほほえみで
サンキュバイ　（ありがとう　さよなら）　と
はにかんで言ってくれた娘を思いだす

*ジムノペディ　古代ギリシャの祭りのはだかの子供
*西脇順三郎「太陽」（『*Ambarvalia*』）から

波のゆりかご

朝焼けの渚に
男の子がうつ伏せにゆられて眠る
昇る朝陽が男の子の背や手や足に差している
薄い霧がかかり　波は青く　微風が灰色の雲を払っていく
夜明けの平和で幸福な絵に見える

男の子は三歳
ふっくらした頬　短い髪がさざ波とゆれている
背中に白い羽をつければ天使だ
けれど

流れている旋律は男の子へのレクイエム

三十数年前　田舎の町の浜辺にもたどりついた人々がいた
夕べのお祈りの後　晩餐前に
神父様を真ん中に子供達と手を繋ぎ古い歌を歌った
生きてたどりついた子供達

夜明けの光のそそぐ浜辺に椰子の実のように流れついた男の子
三歳
朝陽のなかでうつ伏せに眠る
背中に白い羽をつけたら天使だ
誰もいない光の渚に一人遊びのようにゆられている

帰るところ

冷たい雨ふり
雨雲に太陽は隠れ
地球が反転したのだと嘆く女
町を川は白く蛇行し海にそそいでいく
夕暮れ時には華やかな金色が流れる
途切れることのない遥かな命の川がめぐっていて
あなたのなかにも流れて
みかん色の茫漠とした膨らみには何が隠されているのだろう
色あせた写真、ぼろぼろの巻物、匂いのいい小瓶
ピンのとれたブローチ、拾った手紙、バッハの一節

未だに解けないパズルの一コマ
それらを抱いて生の黄昏に佇んでいる
押し寄せる時をはねのけ　受けいれ
薄れていく記憶の光をあびている
わたしは手を差し出す　（わけもなく）
あなたの前に垂れている網紐に触れようとして
少し引いたなら
固く閉じていたドアが開き
深々と柔らかい闇のその先では
帰るところは〝ここ〟と言うのだった

Ⅲ　便り

便り

うすあおい空間に
靄に覆われて笑っているひと
泣いているような
西の空は夕日があかい
誰なんだ　何故なんだ
朱色をしたとても大きい秋なんだ
黄金色の稲穂に刈り取りの済んだ茶色の田がまじり
遠くの山並みがあおい
すすきの穂が光って
白鳥のように下りの列車がすべっていく

柿の実色した夕日が眩しくて　どこかに
すすきだけの原があるのです
白い穂波が海原のようにつづくなかを
道がまっすぐに延びている
誰かが一人その道をゆく
道は夕日に向かって延びていて
地平に消えていきます
日も暮れて
祝歌　太鼓も鳴って
びしょうぶつ*が影を落とします
暗い洞をぬけた半円の陽のなかに佇むひとがいます
はさ木*の交叉する道で声をたてて笑うので
昔のあなたのようなので振り返ります
月が昇って　田園は沈んでいって
星も落ちてくるようで　街の灯が懐かしく

秋の夜長
ふるさとの便りをしたためるなら
今年もお酒ができました　お米もうまく実りました
追伸として
　秋深い道行きです
　暮れた大地のはさ木の辻にはびしょうぶつが並んで
　影を落としています……と

＊びしょうぶつ　木喰が作ったとされている微笑を浮かべた一本彫りの簡素な木像
＊はさ木　刈り取った稲を乾す木

いもり池にて

青い空にポッカリ雲が浮かび
汀いっぱいにミズバショウが咲いている
枯れ枝を燃やしている煙が漂い
萌黄の葉に混じり山桜の紅が彩っている
朽葉色の布団を敷いた葦に寝転べば
日の音　水音　草の伸びる音
ミズバショウの群生からささやく音
ときおり高くとどろく
空からの水音だったかも知れない

空高くを見つめていると

瞬時の幻想が断ち切られてゆくから
小さな痛みを重ね防波堤を立てる
最初に発した言葉のことを思ってみる
羽をつけた天使が飛ぶならわたしの心を打てよ
文字なく　命の潮が響き　消えてゆき
眩しい陽のなか　ミズバショウが寄せてくるのが見える
春の悪意に
枯れ草に覆われた小川に足をとられ　ずぶ濡れに流されること
春は生命が若返る季節なのだ

寝転ぶ葦の脇に学徒出陣の碑が建っている
若く美しい青年たちは同じ春を心に刻み逝ったのだった

　しなのからとりがとんできた*
ここからは信濃路になる　黒姫山も見える
夏の日　バスで黒姫山を越えたことがあった

土のついたトウモロコシやナスを籠に入れた女たちと越えた
アルプスの山々から滴り落ちた水が千曲川になり
越後に入って信濃川になる

初々しい抒情の恋を綴った詩人は千曲川のほとりで
遊子の悲しみの詩作の後に
もう一つの自然を赤裸々に描いた

鳥が鳴いたよ
ギィィ　思い出したように鳴いてく

日が明るくて　葉桜が柔らかく
手をひかれ子供に帰ったあなたがいる
春の不思議な　たぶん　大きな幸福のとき

＊越後に伝わる鳥追いのうた

穏やかな日より

五月のとてもいい日だった
明るい光に溢れていた
父の納骨を終えたあと富士五湖をまわり葉山にいった
父を包んだ薄青い風呂敷はバッグにしまっておいた
父がいないのは不安で
父の机、ノート、使い切っていない消しゴム
引き出しには古びた定規、鉛筆などがあった
薄青い風呂敷はホッとさせた

本山の納骨の朝は早く急いで石段をのぼっていったが

すでに読経は始まっていた
こんなに沢山の僧侶の読経を毎日聞いているのなら　お父さん
よかったね　安心したよ……

葉山には夜遅くに着いた
夕食を食べて早々に眠った
早朝に浜辺にいった
霧のかかる浜から富士が海を抱くようにそびえ美しく見えた
帰ってまた眠った
納骨を済ませてきたばかりだったから眠っていたかった

二度目に目が覚めたときには日が高く
部屋中に金屏風を開いたように陽が明るく差していた
のどかだった
父が近くにいる気がした
物音もなかった　戸外が暗く思えた

庭の花が沈んで見えた
穏やかな幸福　平和
　穏やかな日よりですね
とおりすがりの見知らぬひとには言うのだろう
明るい日差しにつつまれて
白い蝶がひらひら戸外の暗さの中心にいくのを見ていた
ひとり、ずっとそうしていたいと思った
穏やかないい日よりだった

命の伝説

古い絵馬の男が眼差しを中空に向けている
足下に口を袖で押さえた女が男を見上げているが何故か艶めかしい
男は絶望もなく茫漠とした虚空を見つめている
色はかすれて板目がゴツゴツしている
命《いのち》　命《みこと》
男はすでに魂なのかも知れない

＊

北アルプスが日本海になだれ込む糸魚川の先は北を思わせる
越国の北　姫川の流れるぬなかわ族の郷

荒ぶる姫川の上流にヒスイは緑色に輝いている
太陽に翳すとさまざまな緑の筋に見える
古代の人々は命《いのち》の源流に思えたらしい
ヒスイの呪術を宣べる女が縄文の時からこの地を治めていた
母権制の濃いぬなかわひめはヒスイと命《いのち》への畏怖でもあった
ヒスイとこの地を求めていずも族が攻め寄せて来る
鬼舞　鬼伏の地名がある
何回目かの襲撃に伏せられて妻問いを受け入れ
しきたり通りに輝くような顔で夜にいらして下さいと言う
その夜がいずも族に飲み込まれた日
越を平らかにしたいずも族もやまとには国を譲って
　このクニは　と中空を見つめる命《みこと》が祀られる
言葉が統一されてゆき　血が交わって一つの民族ができていく
文字ができ　国家となっていく過程でヒスイの玉は廃れていった
ヒスイには緋色の玉もある
太陽の色だ

埋もれ　忘れられていっても命《いのち》の源は枯れずに流れていた

＊

民族の不思議と欲望に　追われるものの悲しみと絶望に
命令《めい》のない犠牲がある
　トルコの漁師が海で拾いあげた児は生きていた！

＊

老木は枯れる前にたわわに実を実らせる
土に落ち新芽が芽生える
鳥が運んだりする
曇った空から冷たい雨が叩いている
海は荒れて砂を嚙み引いていく
砂粒で足や顔を青くする浜辺に
子供を真ん中に弓矢を持つ男と女　海を向いている
あのヒトガタは砂に埋もれたか　壊れているだろう

在ったことは時間と荒波が運んでゆくが残るものがある
言い伝え　礎の跡　磐の石　祠　岩穴
荒れた杜から鳥が啼いてゆき
陽を浴びている野に戯れる二人　女に子が生まれる
命《いのち》が流れ始まっていくから
　思い出して下さい　と日記に書かないひとの哀しみが愛おしく
抱きしめるのは
あなたの命　わたしの命なのかと……

＊命《みこと》　上代、いのちがげで命令を受けた事を為せと言われた者への敬称

佐渡

快い日だった
青い空を透かし木の葉は紅や黄に輝いていた
地平線の先には町や村が続き
水平線はさらに遠く空へと海原は続いてゆく
岸と島影の間をかもめたちは飛び交い
流人の島の浜に立てば寺泊の港が島影に見える
むなしく果てた貴人たち　無宿びと
海は厳しい砦だから
憧れは激しく囚人たちは草をかみ寺泊の島影を見つめ続けた

峠を越えた島の内陸部には実りの田が広がっている
海と山に囲まれた田園は異国めいてゴッホの絵を思わせる
木立はうねり黄の稲穂がなびいている上を大きな鳥が飛ぶ
澄んだ小川には落ち星の砂金が混じる
つややかな柿の実がたわわに古めかしくて
悪人も狂人もいつか島人になる
海がところどころ見え隠れして貴人の足跡の傍らに
稲刈る男が帽子を傾げて立っている
素朴な鎌を片手に陽焼けした顔は笑っているのか
手に持つ柿の実に怒っているのか　陽をあびている
晩鐘の時刻には早く　逃げこむ森には遠く

佐渡は住みよいか　良いとこか
草木もなびくと引き寄せる

十一月の鰯漁

大地が揺れて雨が降りしきった後は晴れて暖かく
空は青く透きとおっていた

＊

来てくれやー
来いやー
十一月の浜に鰯網を投げ入れ引き上げた夕
漁師のおかみさんたちは町の路地を叫んで歩きまわった
朝と夕に鰯の群れは沖で銀色の鱗をきらめかせ
何千匹とよぎったのだ

おかみさんや子供が、家の男たちがバケツを持って駆け寄った
鰯でいっぱいのバケツから途中一、二匹こぼれ

＊

浜辺の町で育ち嫁ぎ老いた女は海を見つめる
日本海は穏やかで磯近く波を持ち上げ白い腹を見せ
倒れ込み　引いている
太陽の筋が淡い紅色の海の道になって水色の空と交わっている
鰯はとうに来なくなり　白い雲が空に浮かんでいる
潮騒を聞き女は生々しい海の生活を再現する
浜はまつりのように賑やかで
フンドシひとつの男たちが鰯で重い船を浜へ引き上げている
濡れた肌着の女房たちが町を駆けまわり叫ぶ
来いやー
来てくれやー
夕日が暗く沈む前に　海が荒れてしける前に鰯をさばくのだ

十一月の海は寒いだろうに
バケツ一杯何銭の値で売るのだ
来いやー　来てくれやー
喉を迸る血のような女たちの叫びを
バケツのぶつかる音や下駄の音に混じり聞いていた

*

遠く近くで割れるような海鳴りがするのだが
浜は静かで沖に伸びたコンクリの防波堤の影が疎らだ
わたしは微かに思い出す
祖母が甕いっぱいの鰯の塩漬けを取り出しダイコンと煮ていた
鰯から出るあかっぽい汁は魚醤なのだった

紅葉が燃えているようで
やがて散って雪がかかる頃
海は鉛色に荒れて来る

女たちは濡れた肌着で町を路地を叫び歩く
来いやー　来てくれやー
来いやー

道祖神

道祖神は村の入口、出口、交差する道端に置かれている
この村でわたしは生まれた
入相の鐘、祖母の父の葬儀の鐘が鳴る
わたしが男を迎えた夕べも鳴っていた
火が燃え炎が雪に映り夜空を焦がしていた
男とわたしは四人の子供を生み育てた
鐘が鳴り雪のふる寒い日
男は村の出口に立って街道を見つめている
男はいった
　おまえの瞳に火が燃えているのを見る

わたしの帰る道を知らせ旅を促す
わたしも男にいった
夕暮れに見知らぬ小僧が村に来て何やらノートに書きつけていた
わたしはこっそり抜き取った　燃やそうと思う
男は続けていった
おまえの瞳に燃えている火は美しくかすかに恐ろしい
わたしがこの村に来た日を思い出す
雪のふる村の入口でおまえはわたしに微笑み歌い踊った
わたしも続けていった
夕暮れだった　街道の傍らで倒れかけていた　鐘が鳴っていた
朝だったかもしれない
火が大きく燃え雪を照らしていた
男は突然笑い歌い踊り出した　わたしも笑い歌い踊った
石のなかで笑っている男と女は幸福への願い　人の一生を刻む
たそがれ　かわたれどきの街道で

あなたとわたしに似た一組に出会った
　馬の背に餅を置くならわたしも置け
　擦れ違う人と分け合っていく*
そう約束したのにおまえはいってしまった
道祖神さま　歳のカミさま　わたしを石に刻め
火のなかに置け

道の傍らに男と女、一対の道祖神が笑っている
ススキが揺れる街道が峠に続いていく

*道祖神にまつわる主に北日本、東日本の男と女の旅の言い伝えから

天を向く百合の花

天井に太い梁を置いた民家風の部屋は
今日のことや明日のことを忘れさせる懐かしさがあった
木のテーブルと椅子は黒く光り
部屋の戸は重く流れ去った時間を重ねていた
細長い部屋に細長い机が置かれ
突き当たりのガラス窓から
常緑樹の木の葉を風が吹き流しているのが見えた

＊

奄美大島から小舟でゆく小さな島の崖に

百合の花が一面に咲いている
夥しく死んでいった崖の縁には
百合の花は天を向いて咲くという
別の土地に移すと花は俯き別の花になり
カサブランカと呼ばれている
天を向く百合の花はわずかだという
崖の縁で花びらを天に向けて咲くのは
悲しみを光にかえて美しく輝くからか
窓からは枝葉が一方向に髪のように流れていく
その隙間から昼の月が白く見える
あぁ　そうなのだ
わたしたちはいつの日か悲しみを抱き　俯き
光に顔を向ける
どこかの庭にカサブランカが咲いている
その先には百合の花が天に向けて咲いているのだ
青い空の光を受けて百合の花が咲き乱れる崖があるのだ

Ⅳ　幸福について

雨　やわらかく

遠くで轟いているのは
風　雲と雲とがぶつかり合っている　春の嵐

濡れている木々　小枝のふくらみ
流れている大気
ゴーゴー鳴るのは魂たちの渦　溶け込んで流れる涙や痛みの血
呼んでも返ってこなかった声が醸されて
やわらかな雨になって降る

幼い日に愛を知らない子は愛を確かめに
髪を濡らし裸足で立っている

寂しい凍えの心岩を崩していくから
その子の肩にハラハラ掛けて欲しい
迷路に疲れた子が
アルジャーノンの花束*にたどり着いたなら小さな神
原初の原に立っている
　長い間　彷徨ったので途中　蠅を二、三匹殺しました
世界は続いていって花奪いの戦いはいつもあるので
バッタのように飛び　茜の光を浴びて
幻と消えていく雲の形を見つめては
ひとさし舞って口笛を吹き
　この子悪い子なので　悪い子なので
雲にも届く川縁で呼んでみました

春の雨　やわらかく降っています

*ダニエル・キイス『アルジャーノンに花束を』から

隠《こも》りどの山

隠りどの山は海風を遮り
棲家とするものをはくちゅうむに置く

はるかな昔　忘れられた昔
小高い丘に土を盛った山に葬ったひとのことは……
山の頂に登れば海は砂原を隔てて波を寄せている
春は櫻　秋は紅葉
葉陰に茶室や手製のケーキを添えるカフェがある
夜には国立療養所の灯が瞬く
葬送の山のなごりには幾つもの細い道

櫻　紅葉で賑わう季節にも寂しい不安がかすめていく
儀礼の優雅さがそこはかとなく漂う

隠りどの山を挟んで
黒塗りの格子戸の家がある
家は広く大きく　ささやく声とＴＶの音
不幸　諍い　怒りもなく
窓から隠りどの山が黒く見える
取り残した痩せたネギがゆれている
ここからは海音も聞こえず
父と家へ帰った最後のドライブの療養所も見えない

二十数年前
旧制中学のマントを着て冬の陽に釦が鈍く光り
山のてっぺんで一人海を見ていた気がする
　もう冬だね　　母は言う

いいえ　もう春　日暮れの赤い海の筋が寂しい

死者の山は通り過ぎるのがいい
眺め　懐かしむ
死者は死者でいるのがいい
隠りどの山にすわり土の感触が嬉しいならわたしたちは一緒だ
人を呼び寄せ　熱が引いていくざわめく不安に
帰ろう
女はいつも愛したひとを隠りどの山に想うのだ
母から娘へ　途切れることなくつづいている秘めごとの

ひまわりの花

夏の日
青い風がひまわりの根に絡まるものに吹き
揺り椅子や床《とこ》に眠るものに届ける
田園を吹いて来る風は昔あったこと　記憶を伝え
時間が死者とわたしを真っ直ぐに流れても　風は
斜めにも　過去にも吹いていく

秋山郷近くの山裾にひまわりの花が一面に咲く
ひまわりの花は小さな太陽だ
薄黄の花びらの囲みから黒い種子が地上に落ちてくる

七十年前
出征した人も生きて帰ってきた人もこのひまわりの花畑をみた……
心のなかで愛する人に手紙を書いた……
　あなたは駅のベンチで黒い種を握りしめて待ち
　ひまわりの花が俯くまで待ち

時間の軸は反転する風の筋だ
黒い煙を濾過した透明な影たちが昼に彷徨い
あなたを少し狂わせる
――変です　とてもとてもとても　とても
あなたの不可思議な行いは鳥になれなくて
大好きな胸にいけなかったから
ひまわりの花の種をあなたは土に埋めたあと
わたしが生まれた

こんなにも明るい黄色の絨毯を吹く風は

過去と未来を吹き渡る青い風
そうでなかったらひまわりの花がこんなにも咲いたりはしない
白い雲が山のくぼみの上に湧きでている
都会へ行った人たちはひまわりの花をみて故郷をあとにする

青い風が手紙を届けたからだ

秋の日、京都から金沢へ

べんがら格子　京わらべ　　ほどよい甘さのお菓子
甍を並べる大本山
優美な絹物　はんなりことば　古都京都

紅葉の東寺の境内前は蚤の市が開かれていた
縄文の土偶のビーナスも売られていて
何処かミスマッチ
　お公家の姫さまのかんざし
　武家の姫さまのかんざし
華やかな女王さまのかんざし

東寺は秋の開帳で空海様の伝えたこと
宇宙と交合する如来や菩薩様が並んでいる
悩みをかかえ微笑むお顔もある
如来様は宇宙万物と融けていられるので
ぶつかってしまう隣人の肩にも差しているような
密教は土着的　呪術的　以来ずっと
変わっていないと思っていたけれど
阿弥陀如来様もいたりする
暗さが変に懐かしく
悩み微笑む菩薩様のところなら行きたいと思う
人は阿修羅像の顔　みっつでひとつ
いずれの時も解けない問いと救いを祈る
千年の都は古さと新しさが混じり合っている
　雅びな赤い毛氈に掛け抹茶と葛餅を食べる

＊

金沢のべんがら格子のまち家は
昔が今に繋がっているようで　幼い日に来たようで
入場券を買って入った
思い出したのです
老いてしまった母が帰り際にぐずついて
顔を見つめたときの幼児のような澄んだ綺麗な瞳
　母の実家は戦前まで料理屋だった
母の幼く澄んだ眼が寂しくちらついていた

＊

京都の夜の観光バスツアーで「京料理を舞妓さんと」がある
握手した　少女の可憐な手だった
彼女は少し笑った　それがどこか辛そうに思えて
お庭のライトアップされた紅葉が織りなして
夜が見えない　離れて小さく灯が漏れている
そのなかに母がひとり眼を瞑り座っているような

十一時三分に夜行バスは京都駅を発車する
茫漠とした夜をこえて北へ　越へ

何処へ

冷たくしぐれ　季節はめぐった
冬を通り抜けると寂しい国へいく
薄暗い楕円のなかで
私はひとり手を伸ばす
誰かと触れそうになって引っ込める
触れたら熱く痛む
海底を這い回る貝のようだ
触手を伸ばしたり引っ込めたりしている
被る殻は危険を逃れ隠れる孤独の空間
私たちは安定を求めながら抜け出し帰るところをなくす

世界は　人々は動きながら変わっていった
銀河の青い星に愛があって食べ物があって
分かち合うものがある
　愛をなくしたひとは冬には凍え憎しむ
　歌えないひとは孤独にさいなまれるという
冬至が近づくと少し狂うひとがいる
光もなくしては……
小枝が小刻みにふるえている
木々が濡れていては家は建てられない

砂漠の民よ
夜明けのアザーンは美しかった
サラに追われたイシュマエルに水を与えた民びとよ

私たちの青い惑星には

愛　憎しみ　悲しみが尖る星形に散りばめられている
ひとつひとつ形が違っている
消え　絶えず生まれる

雨つぶがガラス窓を伝う
窓の外は墓地だ　聖地だ　産小屋だ
花の匂いがして腐臭がする
そのなかに生まれてくるもの
駆けより抱きあげる
散らばる星たちが並んできらめきやわらぐ
楕円のなかは二人、三人となり笑い声もする
何処へいくのか
やわらかな夜に沈んでいって

花の匂いがして腐臭が立ちこめていて
悲しみのような喜びが漂っている

「たから屋」のシュークリーム

水仙の花の匂う町
水の仙人の花　自分の姿に見惚れた少年が放つ匂い
山奥の小さな町は梅も桜も水仙もいちどきに咲く
小さな町の坂をのぼった小さな家
今は誰も住まない家には水仙の匂いが満ちていた

＊

雪の降らない冬間　朽ち葉色に枯れた草はらに水仙が咲く
紅色の山茶花の樹の下　薄黄の花をのぞかせる
　誰が生けていったのだろう

無造作に一輪水仙の花がうす青いビンに差してある
夜の明ける前に水の仙人が眠っている隙間から入って
差していったのだろうか
クスリのにおいに混じり水仙の花は侘しく机に置かれていた
うす青い水縁から濡れた枝や湿る草をぬけて
少年は泣きながら笑い　抜け殻を置いていったのか
　この家の女に独り暮らしは無理と伝えに
花は寂しい匂いを漂わせ　老いた女は蹲り
暮れてゆく空を見つめる
その女　話し相手がいると飽かず昔の話をくり返す
少しずつ　我が儘いっぱいの女の子になっていく
　港町ではなくて住吉町だよ　広い道を少し入った
二銭にぎって飴屋にいった　飴作りをいつまでも見ていた
そんな店が並んでいたんだよ
踊りのおっしょさん　お針のおっしょさんの家
たぬきの店といわれていた料理屋　（そこが女の実家）

十六のときに高島田に結ってもらったことがあるよ
女は目を細める　竹くらべのみどりを思い出してくる
地図には住吉町はなくなっている
水仙の花の強い匂いは少年の匂いだ　少女の匂いだ
誰もいない家は空虚な心のようだ
夜の底では寝言をいい　甘いものには美味しいという
あなたのそばにいるとわたしは幸せになる
休みの日には必ず迎えにいくから
一緒にご飯を食べ　添い寝で寝ようね
昔の話を幾度も聞きながら夜明けをむかえる
あなたはこの家の主人だよ
女は素直にうなずく
水仙の花　水仙の花　小さな町の家にも咲いていた花
冬の光が注いで咲いている
あなたは　またきつい花の匂いの女の子になって　今はない
「たから屋」のシュークリームが食べたいという

うしろの正面　つかまえて

鳥かごの小鳥
かごのあたり　笑う声がする
遠く遠いうしろの正面
赤い火は燃えて地層のあたり　したたる水の音がする
かごがゆれて　鳥かごがゆれて
無音の質量に羽が落ちている
はなやぐ幻影が映る
わたしは小さくなってゆき
豆のように転がって声のする地層に着地する
ふくらんで　はじけて　芽が出　双葉が開く

その真ん中で笑っている
双葉は伸びてゆき
来た方角　行く方角にゆれている　それで
真ん中の子は誰なのだっけ
恋しいなら心を探る
声　におい　ぬくもり　土かな？
地層を探りつかまえても
透きとおり　足のあたりからすり抜けていく
会いたいのは生きて触れられるひとだから
笑いはしゃいでいる子供たち
わたしはその真ん中で鬼の目隠しをする
うしろの正面　つかまえた！
鳥かごの小鳥　飛んでいった小鳥
そこは楽しい
晴れた青い空のよう
歩き疲れた日暮れの地平線のよう

茜に陽が差している
あなたは嬉しそうに笑っている
羽を拾い頰ずりしたのは誰だったっけ
小鳥の囀る声がして　一瞬囀ってみえなくなった
幻影の残照がかすめていったかごには花がいっぱい
一人　壊れた　鳥かごがゆれている

立つ日

ヨーエサ　ホエヤ　ホーエヤ　ヨエサ
天の水　さらさら流れ
土音　空高くゆき
ボツボツの芽　小枝にふくらんで
虹がなか空に薄くかかる
今日立つ日
フキノトウ薄黄に萌え　ユキワリソウの花ふるえ
梅の花が満開に咲いている
風が吹いている道の辺に杉の木が空に突き立っている
そこを曲がっていく

晴れたいい日
白無垢の花嫁は門に立つ
六十八年経て春の日に立つ
　歌われよ　祝言の歌を
　踊られよ　さかほがいのままに
手をとり　白無垢の角隠し　そのままでゆく
水流れ　天から地　地から天へ巡る川に山映る
透きとおるふかい瞳に映る

耳を澄ませばせせらぎがする
サラサラ　サラサラ　サラサラ　サラサラ
川の海の井戸の砂の　サラサラ
削りすりつぶした衣を脱いで
眠ればいい
はだかのこころで歌えばいい

こころ安らいで
見てよ　嫁入りの日のままに
空は明るくて
白と茶の山のてっぺんが緑の気配に輝いている

後書きにかえて

意識もなく「山のあなた」の詩のような幸せを何処か彼方に探していた気がします。飛んでいった青い鳥を探しているようでした。母が老いて現実の厳しさに直面しました。十分、社会の荒波は知っていたと思っていたのですが、そんなときでも幸せはあると信じられるまでには四苦八苦でした。身近に気づかずに信じている愛があったからでした。詩集にしていただいた思潮社の小田様そして至らぬところを丁寧に指摘して下さった編集部遠藤みどりさんには言葉もなくお世話になりました。そして励ましていただいた方々、ありがとうございました。

田園《でんえん》からの幸福《こうふく》についての便《たよ》り

著者
植木《うえき》信子《のぶこ》
発行者
小田久郎
発行所
株式会社思潮社
〒一六二―〇八四二　東京都新宿区市谷砂土原町三―十五
電話〇三（三二六七）八一五三（営業）・八一四一（編集）
ＦＡＸ〇三（三二六七）八一四二
印刷・製本所
三報社印刷株式会社
発行日
二〇一六年七月三十一日